푸른사상 시선 189

그 길이 불편하다

조혜영 시집

푸른사상 시선 189

그 길이 불편하다

인쇄 · 2024년 5월 13일 | 발행 · 2024년 5월 20일

지은이 · 조혜영
펴낸이 · 한봉숙
펴낸곳 · 푸른사상사

주간 · 맹문재 | 편집 · 지순이, 김수란, 노현정 | 마케팅 · 한정규
등록 · 1999년 7월 8일 제2-2876호
주소 · 경기도 파주시 회동길 337-16(서패동 470-6) 푸른사상사
대표전화 · 031) 955-9111(2) | 팩시밀리 · 031) 955-9114
이메일 · prun21c@hanmail.net
홈페이지 · http://www.prun21c.com

ISBN 979-11-308-2145-0   03810
값 12,000원

푸른사상
시선

189

그 길이 불편하다

조혜영 시집

푸른사상
PRUNSASANG

내가 거리에서 광장에서 함께할 때는 사람도 깃발도 희망이었다.

지금은 그리움과 부끄러움이 동시에 닥친다.

내가 서 있는 곳과 가야 할 길이 여전히 혼란스럽고 때론 버겁다.

따지고 보면 자주 혼란스럽고 버거웠다.

웃으면서 흘리는 눈물의 의미를 조금은 알 것 같은 세월이 흘렀다

슬픔 속에서 잔잔한 미소를 짓는 사람들을 보듬고 한 시절 가고 싶다.

내 안 깊은 곳에서 간절함과 여유를 끄집어내는 것이 작은 희망이다.

그날을 기약하며 살 수 있다면 그보다 벅찬 생이 어디 있으랴!

2024년
조혜영

| 차례 |

■ 시인의 말

제1부

제2부

제3부

제4부

제1부

나를 불안하게 하는 길이 있다는 걸 깨닫기도 전에 걸은 저만치 멀

걸음도 던지 못한 발바닥에 달라붙는 진흙 당신이 내 한숨과 비겁

요 밤에 당신도 정단 맞춰 주세요 진

해지는 저녁이 불편하다 집으로 향하는 퇴근

의 혼잣말이라는 걸 깨닫기도 전에 쉼은 다시 저만치 멀어서 간다 한 쉼은만 함께 쉬어요 그 사

요 길 위에서 이어지는 발소리가 환청으로 들려올 즈음 하루의 긴 노동이 끝나고 나른해지는

급식 일지 — 어묵국

어묵탕 속에 음담패설 한 줌 넣고 끓인다
작업이 시작되자 아주머니들의 입을 타고
거칠게 끓어오른다

한 번도 그냥 조용히 넘어가는 날이 없다

그중 꼭 그런 사람 한둘씩 있게 마련
김 아주머니가 어묵국을 끓이며
펄펄 끓어 늘어지는 어묵 가락을 흔들자
모두 배를 움켜쥐고 뒹굴듯 웃는다

고된 노동이 유유히 지나간다

국 솥에서 어묵국이 푸지게 끓고 있다

급식 일지 −산재 판정

노력과 성실의 흔적은 온데간데없고
지병과 직업병의 모호한 경계라는
의사의 고개 돌림에 고분고분하다
다시 일터에서 아픈 몸뚱이
절임 배추처럼 주저앉았을 때
나는 산재 노동자가 되었다
뒤돌아서면 다시 이어지는 통증을
참으로 오랜 세월 참고 견뎠다
끝내 인대가 파열되고
허리 디스크마저 터지고 나서야
산재 판정을 받을 수 있었다
근로복지공단과 대결의 시간이
30년 노동의 시간보다 길고 아팠다
수술로 끊어진 인대를 잇고
파열된 디스크에 쇠를 박아도
치료될 수 없는 현대의학과의 괴리에서
내 몸은 오래전에 분리되어 있었다
그 분리되고 어긋난 몸을 추슬러

조리실의 뽀얀 스팀 속으로
파묻히듯 들어간다

급식 일지 - 좋다

욕이 좋다
욕을 하면 힘이 나고
욕을 하면 후련하다
집어 던지면 개운하고
팽개치면 신기하게 힘이 난다

반말하면 좋다
길게 말하거나 예의를 갖춰
존댓말을 할 여유가 없다
빠르게 돌아가는 조리 시간에
여유 있게 웃으며 긴말하기란 쉽지 않다

다툼이 좋다
다투고 나면 후련하다
다투지 않고 그냥 넘어가면
작업이 순조롭게 되지 않을뿐더러
음식이 맛이 없고 거칠다
그래서 하루에도 몇 번씩 싸움질한다

돌아가며 얼굴을 붉힌다

그러다 아이들 밥 먹는 점심시간이 되면
친절한 조리사가 되고 엄마 같은 자상한
아줌마가 된다
머리를 쓰다듬어주고 아이들 이름까지 불러주며
어르고 달래어 싫어하는 반찬까지 죄다 먹게 한다

점심시간이 끝나고 다시
설거지와 청소를 하는 오후가 되면
쌍욕과 고함과 반말이 열을 맞춰
자동 식기세척기 속으로 급히 빨려 들어간다

하루가 그렇게 마감된다

급식 일지 – 급식 노동자

요령이 없으면 가당치 않은 일이지
힘으로만 할 수 없는 중노동이지
눈치가 없으면 버틸 수 없지
눈치를 터득하기엔 여유가 없지
노동의 가치를 생각한다는 건
어림 반 푼어치도 없는 일이지

어떤 이는 하루 이틀 일하다 그만두고
어떤 이는 일주일 버티다 고참과 싸우고 그만두고
어떤 이는 모질게 3개월 버티다 사라지기도 하는
학교 급식실

번개같이 빠르고 파도처럼 드세다
머슴같이 일하며 중무장한 병사다
몸은 굴착기가 되고 기중기가 되었다가
자동 컨베이어 벨트가 되기도 한다
그들이 초등학교 아이들이 먹을
밥을 짓는다

하루의 고된 노동을 끝내고 퇴근할 땐
여인의 표정을 지으며 화사한 화장을 한다
곱상한 사람으로 변신해
조신조신 깔깔깔 퇴근한다

급식 일지 – 총각김치

총각김치를 썰어 통에 담으며
한참을 주물럭거린다

국은 언제 끓일 거냐고?

총각 말만 들어도 좋다며
깔깔 웃는 저 능청

이혼도 능력이라며 두 아들 키우면서
도무지 화낼 줄 모르는 순영 씨

급식 일지 – 10분 잠

점심을 먹고 20분 휴식 시간
모두 휴게실에 누워 잠시 잠을 잔다
프로포폴 맞고 잠든 사람처럼
잠이 달고 맛나다
꿀잠이다
너 나 할 것이 없이 모두 누워 잔다
10분을 자지 않고 버티기는 힘들다

스무 살 적 전자회사 다닐 때도
점심시간 바닥에 골판지 깔고 잤다

바로 그 잠이다

급식 일지 – 진상

다 그런 건 아니지만 더러더러
그런 교장 선생님이 있다

수시로 영양사를 교장실로 불러
감 놔라 배 놔라
싱겁다 짜다 맵다 달다
메뉴가 맘에 안 든다
야채 샐러드나 과일을 꼭 메뉴에 넣어라
교직원 배식대를 따로 운영해서
어른 입맛에 맞게 따로 요리해달라
거드름 피우며 심각하게 요구하는
교장 선생님도 있다

영양사가 싸가지가 없다
조리사들이 상냥하지 못하고 웃지 않는다
하다 하다 자신은 당뇨가 있으니
당뇨식 따로 해서 달라
그런 교장 선생님들 한둘은 꼭 있다

학교 급식 노동자들이 파업에 참여하려 하면
며칠 전부터 교장실로 불러
밥 못 먹는 어린이들을 생각하라며
파업 참여 못 하게 회유하고
부당노동행위가 부당노동행위인 줄도 모른 채
어린애들 먹는 밥 가지고 장난질하는
파업은 불법이라며
도무지 대화가 안 통하는
그런 교장 선생님도 있다

급식 일지 – 배달 청년

스물두 살의 야채 배달 청년
어른들이 공부하고 연수받는 연수원으로
새벽에 야채 식자재 싣고 오는 청년
대학 공부하다 학비 벌려고 아르바이트한다는
일당이 다른 아르바이트보다 세서
힘들어도 괜찮다며 씩 웃는 청년
신규 교사 발령받아 연수받는 젊은 청년들과
첫 공무원 되어 연수받으러 오는 젊은 청년들의
점심밥 식재료 싣고 와 하차를 하고
물건을 정리하며 헐떡거린다
이마 땀 훔치고 다시 한번 웃는 청년

종이컵에 급히 커피 한잔 타서 내밀면
계면쩍어하며 밝게 웃는 청년

나는 매일 아침 커피 아줌마가 된다

급식 일지 — 직업병

하루하루 버티며 지내온 급식 노동 30년
그 바닥에서 허우적거린다
밀리고 밀린다
하루가 다르게 떠밀려 간다

가끔 큰소리도 쳐보고
힘을 자랑하며 나를 증명해냈던
많은 기록이 무너지고
몸은 낡은 기계가 되어 고장이 잦다

빠듯 벌어 병원비로 날리고
진이 빠진 듯 밤새 앓는 소리에
뼈마디에선 살얼음 깨지는 소리가 난다
이쯤 되면 다 때려치우고 좀 편히 쉬어도 되련만
노동에 중독된 몸뚱어리는
언제 그랬냐는 듯 새벽 출근을 한다

급식 일지 – 신종 직업병

어디 다치고 깨지고 부러져야
직업병이라 하지
뼈가 부러지고 살점이 떨어질 정도 돼야
직업병이라 하지

오랜 노동으로 허리가 굽고 팔이 휘어지고
인대가 끊어지고 연골이 닳아 없어져야
직업병이라 하지

디스크가 파열되고
목이나 다리가 뒤틀릴 정도가 되어야
직업병이라 말할 수 있지

그런 직업병에 걸려
병실에 누워 치료받으며 꼼짝할 수 없는데
일 걱정에 조바심치는 이 심사는 무엇인가
편하게 누워 밥을 먹는 것조차 불안하고
내가 이렇게 한가하게 누워 있어도 되는가

나에게 되물으며 불안해하는 이것은 또 무엇인가
신종 직업병인가

나의 몸은 기계처럼 돌아가야 안심하고
나의 몸은 휴식이 불안하고
나의 몸은 쉼이 불편하다
일하면 편안하고 노동을 잃어버리면 시들어버리는
어쩌지 못하는 이것은
도대체 무슨 병이란 말이냐?

급식 일지―야채 절단기

야채 절단기에 짜장밥 재료 중
애호박 써는 작업을 하다
손가락이 빨려 들어간 김은
급히 병원으로 가고
김의 빈자리를 채워 다시
기계를 돌려 감자도 썰고 양파도 썬다

정해진 두 시간 안에
찹쌀밥, 짜장 볶음, 어묵국, 탕수육, 탕수육 소스,
오이 도라지 생채에
포기김치 30킬로그램까지 썰려면 멈출 수 없다

식당으로 우르르 몰려올 점심시간이 다가오면
남아 있는 모든 김들은 조리를 끝내고
일사불란하게 배식대에 음식을 진열한다
땀에 젖은 위생복을 급히 갈아입고
식당으로 달려간다

병원으로 실려간 김을 생각할 겨를 없이

일을 하는 슬픈 김(金)들

급식 일지 — 이름

식당 아줌마에서 여사님으로
여사님에서 조리원으로
조리원에서 조리 종사자로
조리 종사자에서 조리 실무사로

조리 실무사

그 이름을 얻기까지
30년의 세월이 흘렀다
그 이름을 얻기 위해 파업을 하고
천막 농성을 하고 교육감실 점거 농성을 하며 얻은
소중한 이름

조리 실무사

학교에 근무하는 모든 사람은
선생님으로 불러줘야 한다고
교직원들에게 아이들에게 끊임없이 얘기해도

여전히 아줌마나 여사님이라 부른다
어떤 선생님은 이모님이라고 부르기도 하는데

이름이 이름으로 불리기 위해서는
밥을 먹는 문제보다
좀 더 치열한 뭔가가 있을 법한데
밥이 사람을 살리고 밥이 사람을 만든다는데

밥에 대한 인식의 변화가 절실하다

급식 일지 ─ 배치 기준

아이들은 공부하고
선생님들은 수업하고
교직원들은 회의하거나
커피 한잔 마시며 업무를 한다
급식실은 이 시간이 전쟁이다

급식 노동자 1명이 150명의 음식을 만드는 배치 기준
공공기관이나 다른 기관에서는 70명이 기준인데
천 명의 밥을 6~7명이 만든다
배치 기준은 명령어이다
학교 급식 30년의 세월 동안 부동이다
예산 부족 타령도 30년 동안 변함이 없다

급식실은 무기고다
칼, 무거운 식기, 뜨거운 불, 기름, 가스……
베이고 데고 넘어지고 부딪힌다
장기근속 노동자는
어깨 팔목 다리 허리 마디마디에

수술의 훈장을 종기처럼 달고

이름도 슬픈
근골격계 질환을 품에 안고 일한다

급식 일지 – 폐암

한 노동자가 폐암 4기 판정을 받았다
투병을 하며 2년 동안 싸워 산재 승인을 받았지만
3년의 투병 끝에 사망했다

튀김이나 구이, 볶음 등
조리할 때 나오는 연기와 미세먼지가
1급 발암물질이며
황사보다 더 작은 조리 퓸이
사람들 입으로 코로 빠르게 들어간다
낡은 조리 시설
작동이 제대로 되지 않는 배기 후드
발암물질을 공기처럼 들이마신다
폐암이나 호흡기 질환에 걸리는 산재 환자 된다

그 발암물질이 일반 기준보다
4배에서 6배 높은 수준이라는 것을
교육청과 정부에서 모를 리 없지만
폐암 환자의 증가와 폐 질환 환자의 증가에는

아무런 대책을 마련하지 않는다

환풍기를 교체하네 안전 기준을 마련하네
의료비를 지원하여 건강검진을 받게 하네
저마다 떠들어대지만
학교 급식 노동조합의 인력 충원과
환기 시설 개선 요구는 해마다 묵살되고
예산 부족 학령인구 감소 타령만 늘어놓는다

급식 일지 – 주간 식단표

한 주가 끝날 즈음
다음 주 주간 식단표를 들여다보며
저마다 해야 할 일들을 가늠해본다
늘 하는 일이건만
자신에게 주어진 메뉴에 따라
웃고 운다
아이들이 좋아하는 튀김이나 구이는
복잡하며 힘들고
아이들이 싫어하는 나물이나 무침은
간단하며 쉽다

닭고기 75킬로그램을 튀겨야 하는 다음 주 수요일
한숨이 절로 난다
기름 연기 튀김 냄새 생각하니
벌써 속이 울렁거린다
현기증이 먼저 인다

급식 일지 - 첫눈

눈 온다

첫눈이야! 소리에

운동장 쪽으로 난 창문을 바라본다

작은 김은 야채를 썰며

최는 조리 삽으로 고기를 볶으며

윤은 부침개를 뒤집으며

박은 식판을 나르며

큰 김은 국솥의 순두부를 저으며

황은 세척기를 돌리며

눈은 모두 밖으로 향하고 있다

사무실에서 일하다 말고 뛰어나온

젊은 영양사만 손뼉 치며

눈 와요~ 첫눈이 와요~

급식 일지 -살얼음판

김이랑 최가 한판 붙었다
12년째 같이 일한 단짝이다
말릴 겨를도 없이 대야의 물을
최가 김한테 들이부었다
음식물쓰레기를 나르던 김이
봉변을 당하자
음식물 쓰레기를 바닥에 팽개치며
음식물 묻은 빨간 고무장갑 손으로
김의 머리채를 잡았다
며칠 전 김이 대기업에 취업했다는 아들 자랑하고
몇 번째 집을 나갔다는
최의 고등학생 딸을 흉보던 게 생각났지만
설마 했다
대기업은 무슨 대기업
비정규직 주제에 하며 다투었는데

서럽고도 서글펐다

급식 일지 – 병문안

몇 년째 병원을 들락이다
끝내 어깨 수술로 입원한 송한테
퇴근하고 우르르 몰려갔다
깁스하고 한 손을 흔들며 좋아 어쩌지 못하는
송이 빈손으로 왔냐며 투덜댄다

유난히 목소리가 크고
한 번 웃음보 터지면 자지러지게 웃는 습관과
기계 소리보다 목소리가 더 큰 여럿이서 떠들다
간호사한테 세 번이나 주의를 듣고서야
병실을 나섰다
남이 해주는 밥은 병원 밥도 맛있다며
고생할 나머지 사람 걱정에 얼굴이 어둡다
십시일반 모은 봉투를 찔러주니
눈물을 글썽인다
8주 진단받고 한 달은 더 누워 있어야 하는데
일 못 해 안달 난 송이
우선은 밝아서 좋다

급식 일지 – 화상

기름 솥에 던져 넣은 돈가스 그중 하나가
기름을 가르고 자맥질 치며 튀어 올라
나의 목덜미와 얼굴에 방점을 찍고
180도의 기름과 함께 익어갔어요
몰랐어요
튀겨지는 고기와 익어가는 목덜미의 하얀 살점

곧 점심시간이잖아요
살과 기름이 엉겨 달라붙어 흘러내리다
붉은 지렁이가 되었어요
느리게 반점을 그려내고 있었지요
몰랐어요
모를 수밖에요

그 자리를 떠날 수가 없었어요
곧 점심시간이잖아요
아이들이 우르르 몰려올 시간이거든요
해일처럼

아! 이 화상아!

제2부

베개

서러움과 그리움을
가장 선명하게 표현할 수 있는 것이 있다면
그것은 아마도 베개일 것입니다
그 속에 아버지가 있으니까요
못다 한 효도와 한과 눈물이 스며 있으니까요
베개를 베면 슬퍼집니다
얼룩진 아픔이 스며들어 자다가도
다시 아파집니다

아버지의 노래

아궁이에 묻어놓은 고구마처럼
아버지는 그런 노래를 부르셨지
호된 홍역을 앓고 난 후
바람에 밀려오는 갯비린내에
아찔해지며 울렁거리던
아버지는 그런 노래를 부르셨어

말린 간재미와 망둥이를 가마솥에 찌던 날
아궁이 앞에 앉아 막걸리 한잔 넘기시며
부르시던 아버지의 노래
들숨 날숨 따라 끊어질 듯 이어지던
소리에는 진한 담배 내가 났어

울랴고 내가 왔던가 웃을랴고 왔던가······

턱 고이고 아버지 앞에 앉아
아기 새 모이 받아먹듯
간재미 망둥이 살 받아먹으며

부지깽이로 장단 맞추며
아버지의 노랫가락 따라 불렀지

울랴고 내가 왔던가 웃을랴고 왔던가……

다시 제삿날

죽더라도 안방으로 가서 죽어야지
문지방에 걸려 넘어져서 죽을 수는 없지
빤스라도 입고 죽어야지
큰며느리 보면 어쩌려고
우리 장한 큰아들 가슴에
큰 짐을 지워줄 수는 없는 노릇이지
막내아들 그 불쌍한 게
이렇게 죽은 꼴 보면 얼마나 한이 되겠나
이렇게 쓰러져 죽으면 안 되지
뭐라도 쥐고 기어서라도 방에 가서 죽어야지
문턱에서 바둥거리다 숨을 거둘 수는 없는 노릇이지

한술

엄마는 평생
자식들 입에 밥 한술 더 먹이려
논으로 밭으로 내달리며
밥 한술 뜨는 둥 마는 둥 사셨지

끝내 밥 한술 못 넘기고
중환자실 공기만 마시다
사레들리듯 가신 우리 엄마
제삿날에 엄마가 남기신
제삿밥 한술 뜨자 목이 멘다

밥 한술 제대로 뜨며 사는 삶은
얼마나 호강스러워야 가능한 것이냐
오늘도 밥 한술 제대로 못 뜨고
허덕허덕 나가는 새벽 출근길
발걸음보다 먼저 가며 웃는
희뿌연 새벽달

아버지의 육이오

양지바른 아버지 산소 옆에서
여린 솔잎을 따는데
술에 취한 아버지 손아귀에
머리칼 잡힌 채 발버둥치던
까마중 같던 엄마의 눈빛이 겹친다

머리칼 잡아 뜯듯 한 움큼 솔잎 쥔 손이
파르르 떨린다

우물가에 주저앉아 겁먹은 오줌을 누며
묽은 콧물을 연신 풀어대던 엄마
함지박에 보리쌀 박박 문지르며
언제 그랬냐는 듯 아버지 저녁밥 짓고
부엌으로 우물가로 텃밭으로 정신없이 내달리며
고봉밥 한 상 차려 바치던 엄마
등이 몹시도 흔들리던 비굴한 엄마의 한숨

한국전쟁 당시 사선을 넘나들던 전투

총탄에 맞아 부상병이 되어 돌아오신 아버지
전쟁의 공포를 못 이기고 술과 광기와 주먹질로
평생을 전쟁의 올무에 묶여 벗어날 수 없었지

가난과 함께 죽어서야 벗어날 수 있었던
아버지의 육이오

가장 무서운 말

이제는 일 쉬라는 말
이제는 일하지 말라는 말
이제는 일 그만두라는 말

그 말이 그 말이지 싶지만
가장 무서운 말
누구에게는 가장 쉬운 말
누구에게는 가장 무서운 말

너에게서 배운다—출근길

공장 굴뚝 연기의 흩어짐에서 배운다
새벽 청소차 엔진 소리에서 배운다
늙은 청소 노동자 헛둘 헛둘 달리는
작업화 소리에서 배운다
재래시장 골목 커피 아주머니의
수레바퀴 구르는 소리에서 배운다
허리에 보호대를 차고 냉동차에서
통닭을 옮겨 싣는 청년의 입김 속에서 배운다
배달 오토바이 꽁무니에 가득 실린
야채의 위태로움과 버팀에서 배운다
소방차 사이렌 다급함 속에 따라가는
새벽일 나가는 화물차의 비상등에서 배운다

개발 예정 지구 – 무당

전봇대와 빈집 느티나무에 걸린

재개발 확정 현수막

옛 수도국산 밑 송림동 언덕배기

원주민 토박이 탈탈 털고 떠난

낡은 슬레이트집 골목 마당에서

종일 읊어대는 불안한 굿 소리

그 소리에 끌려 찾아간 무당집

플라스틱 목욕탕 의자에 쪼그리고 앉아

굿을 하는 늙은 무당

대야 속에 가득 담긴 선지

날것의 고깃덩어리

오색 줄과 무명실에 산 채로 묶여

떨고 있는 암탉

삼지창과 작두날이 흐릿한 눈빛으로

알은체를 하지만

늙은 무당의 염원이 사레들린 듯 서럽다

화려한 전병과 과줄들이

징 소리에 맞춰 향 연기에 쿨럭이고

파자마 차림의 무당은 불량스럽다

누구 넋을 기리나
중년의 여인 홀로 신당에 엎드려
연신 절을 올리고
늙은 무당 굽은 등에 내려앉은 미혹
잘나가던 세월이 언제였나 못내 서럽다
재개발 앞에서 무너지는
남루를 떨쳐내지 못한 허망한 신념

개발 예정 지구 – 빈집

허공을 항해 가래침 두어 번 뱉고
빈집으로 든다
부서진 철대문을 타고
진저리 치며 매달리는 담쟁이

당장이라도 밀고 내려올 것 같은
긴가민가한 재개발

주택조합과 철거민들이 걸어놓은
상반된 현수막들 사이사이 골목

부엌 한쪽에 붙어 있는
요양보호사의 출근 기록 지도
스테인리스 요강도 다락방의 솜이불도
헛간에 처박혀 있는 녹슨 휠체어도
삭은 빨랫줄도 걷어내고 든 집

공원 슈퍼 평상에 담배를 물고 앉아

막걸리 몇 잔 넘기는 몇몇 노인들
다시 거미줄을 걷어내고
삭은 대문을 수리하고 담쟁이를 바라보며

연대하는 법을 미리 배워본다

개발 예정 지구 – 개똥

조심해서 걸어도 밟히는 개똥을
두세 번은 밟아야 출근할 수 있는
옛 수도국산 밑 동네를 걸으며
새벽 출근을 한다

곧 철거될 것인데
개는 언제까지 키울 수 있을까나
길고양이는 왜 이리 많나

한 집 건너 두 집이 비어가는데
어쩌자고 깨진 함지박에
푸성귀는 욕심껏 심었을까
아침저녁으로 고추를 말리며
가지런히 줄을 세우는 저 할머니는
무사히 겨울을 날 수 있을까나

20년 전의 공시지가로 보상해준다는
재개발 조합장은 누구의 편일까

무당집 지붕에 걸린 붉은 깃발은
무슨 점을 치고 있을까나

조심해도 밟히는 개똥을 피해
옛 수도국산 언덕을 넘어
퇴근길 집으로 간다

방생

내가 가끔

비 온 뒤 화단 앞에서 늘어져 있는 지렁이를
화단 속으로 옮겨주는 것이 방생일까
급식실 식당 구석에서 경을 읽고 있는
귀뚜라미나 바퀴벌레를 집어 창밖으로
내보내는 게 과연 방생일까
닭다리 80킬로그램을 오븐에 굽고 기름에 튀기며
돼지고기 수육을 삶아서 칼질하는 내가
지렁이나 바퀴벌레나 귀뚜라미에게 보낸 마음은
과연 방생일까
한나절 노동을 끝내고 점심을 먹으며
상추쌈에 볼이 미어지도록 먹는 나의 입에
들어간 돼지는 누구를 위한 방생일까
장맛비 우산도 없이 퇴근하는 나의 발걸음은
자식들의 식도와 위장의 푸짐함을 위한
또 다른 방식의 방생인가
땀도 방생이 될 수 있나

자비심은 방생으로 채워지지 않는

망상이거나 유혹

두부

두부콩 갈아 곱게 걸러 끓인다
끓어오르면 찬물을 끼얹어 가라앉히고
다시 끓어넘치면 찬물을 부어
가라앉힌다
그 속이 어떨지 가늠할 수 없지만

화를 참지 못하고 부르르 끓어오르며
파도처럼 거칠게 넘치기만 했던 젊은 날
그 누구도 곁에 두지 않은 채 가버렸지

두부를 만들며
격정적으로 넘칠 때마다
찬물을 부어 마음을 가라앉혀줄
착한 사람이 곁에 있었었다면
하는, 아쉬운 순간을 대면한다

두부 한 모에 내 인생을 반추해본다

제3부

광장

허공에 흩뿌려진 광장의 구호는
누구의 가슴에 꽂혔을까

구호가 넘치면 세상이 어지럽고
구호가 사라지면 배고프다는데
구호는 깃발보다 강하지만 공허하고
공허하기로는 허공에 펄럭이는 깃발만 할까
오늘도 여기저기 함성과 구호가 울려 퍼지고
휘날리는 깃발은 적도 아도 구분할 수 없이
광장을 가득 메운다

허공에 울려 퍼지다 사라지는 구호와
바람을 가르며 펄럭이던 그 많은 깃발은
어느 세상으로 회향하였을까
다시 꽃으로 피어날 수 있을까
누구의 가슴을 다시 데울 수 있을까

신발을 찾습니다

난지도에서 잃어버린 신발을 찾습니다
나는 아직도 맨발입니다
쫓기다 벗겨진 나의 신발은 어디에 있나요
끌려가다 잃어버린 운동화
버려지다 사라진 운동화
아직도 난지도에 있을까요
신발을 찾고 싶습니다
그날 이후 난 절름발이입니다

오른쪽 신발을 잃어버렸습니다.
왼발로 버티며 기울어지지 않기 위해
안간힘을 쓰며 살아온 세월
그때 그 신발을 찾고 싶습니다

세월호 선박에서 벗겨진 신발과
맹골수로 바다 위에서 떠돌던
신발도 찾고 싶습니다
난장에 짐짝처럼 쌓여 있던

이태원에서 벗겨진 신발도 찾고 싶습니다

나는 나의 신발이 기억의 창고에 가지런히
놓여지길 바랍니다
그 신발을 신고 온전하게 땅을 디딜 수 있다면
사람들은 그때를 흔적이라 말하지 않고
기억이라 말할 것입니다

기억은 반역입니다

미투

석바위 사거리 수(水)다방에서
하룻밤만 자주면 문단에 데뷔시켜주겠다며
성 상납을 요구하던 사람
유명한 문예지에 작품을 실어주고
등단시켜 시인으로 만들어주겠다며
돈 2백만 원을 요구한 유명했던 노동 시인

그 유명했던 시인은 세상을 떠난 지 오래
여전히 그를 기억하고
그의 문학을 연구하고
그의 문학상을 만들어 후배들을 양성하고
양지바른 공원에 시비를 세워
해마다 그를 기념하는 행사가 진행된다
꽃다발을 들고 시비 앞에 줄지어 서서
활짝 웃는 많은 문인을 본다

그를 알았거나 알지 못했거나 가리지 않고
그의 시비 앞에 모여 묵념하고

시대의 진정한 노동자 시인이라 칭하며
임을 위한 행진곡을 부른다
그의 시로 만든 노동가를 목청껏 부른다
그의 시와 문학을 연구하는
새파란 젊은 대학원생도
그의 시비 앞에 머리를 숙인다

나는 그의 시비 앞에 차마 침을 뱉을 수 없어
나는 그의 사후 미투를 한다
나는 그의 기일마다 유별나게 흥분을 감추지 못해
나는 해마다 그를 고발한다

하늘 감옥

희망이 무너지며 솟아나는 절망
더 이상 발 디딜 땅이 없어
하늘로 오른다
더 이상 돌아갈 땅이 없어
하늘 감옥으로 간다

흙도 없고 길도 없고
부딪히는 사람들 어깨도 없고
잔소리도 없고 기계 소리도 없고
동료들의 따스한 손길도 없고
비틀거리며 취하는 저녁도 없다
두 눈 부라리며 낯선 하늘 감옥으로 간다

배고픔과 추위와 무관심과 멸시를 등에 지고
허공에 매달려 또 하루를 버틴다
저녁놀 지는 희미한 고향 마을
어머니의 따스한 저녁 밥상
출근길 졸린 눈 비비며 볼에 입 맞추던

아이의 속삭임도 희미해진다

넓은 하늘 창문으로 별이 빛나고
애끓는 보름달 빌딩 숲에 걸렸다
사람들은 무심히 지나치며 바삐 사라지고
몇몇에서 발만 동동 구르다 집으로 간다

피하지 마라
에돌아가지 마라
부딪히고 깨져도 다시 일어서라
사람들이 그렇게 희망을 외친다

한 무리의 사람들이 허공에 주먹질하며
결사 투쟁 사생결단을 외친다

또 한 무리의 사람들이 함성을 지른다
수천의 사람들이 떼를 지어 허공에 외친다
다시 바닥을 치고 올라라 올라라

밑바닥 인생 바닥을 치고 올라라
밑바닥 인생 절망을 차고 올라라

낮에 울려 퍼진 험난했던 함성과 구호가
밤하늘의 별똥별로 떨어진다

전염병 시대

각성되지 않은 노동자는
자본의 노예일 뿐이다
조직되지 않은 노동자는
자본가의 영원한 노예일 뿐이다
외쳤던 논리와 구호는
여전히 유효한가

조직된 노동자는 계급적인가
조직된 노동자의 조직은 계급적인가
조직된 노동자의 조직 속의 노동자는
충분히 계급적인가

붉은 깃발은 다 어디로 사라졌을까

무어라 불리야 할까

10년 이상 파업을 하거나
천막 농성장을 차려놓고 살림살이하며
농성이 직업이 돼버린 사람들
이기고 지는 것을 넘어선 채
그저 묵묵히 투쟁을 이어가는 사람들
그들을 우리는 무엇이라고 불러야 할까

한번 해고되면 다시 복직할 길이 막연한 사람들
노래 부르고 춤을 추며 거리를 활보하는 사람들
집회나 시위 현장에 가면 늘 한결같이
깃발을 흔들며 구호를 외치는 사람들
여기 가도 그 사람들
저기 가도 그 사람들
10년 전에도 20년 전에도 보았던 사람들
그들을 무엇이라고 불러야 할까

데모가 취미인 듯 경찰도 무서워하지 않는 사람들
구속되었다가도 다시 광장으로 나와

머리띠를 묶고 구호를 외치는 사람들

그렇게 투쟁하다 매 맞아 죽고 병들어 죽고
굶어 죽고 감옥에 가서 죽고 떨어져 죽고
싸늘한 주검으로 공원묘지에 묻히는 사람들
그들을 무어라 불러야 할까

열사나 민주화 유공자 그런 거 말고
데모 기능장이라고 불러야 할까
투쟁의 장인이라고 불러야 할까

빵

어릴 적 엄마가 품 팔러 가서 새참으로 얻어온 보름달 빵
자식 입에 빵 한 조각이라도 먹이고 싶어
배고픔과 허기를 참고 허리춤에서 납작해진 보름달 빵

어린 여공들에게 차비를 아껴 샀던 크리미빵
야근과 철야를 버티며 한숨 돌린 빵
그 찰나의 순간에 서로를 웃음 짓게 하고
눈물 나게 했던 장한 크리미빵

젊은 여성 노동자가 소스 통에 떨어져
배합기에서 소스로 만들어지면서 완성된 빵
동료들의 슬픔과 오열도 거부한 빵
죽음을 은폐하고 차단한 채 새벽이면
대리점으로 빵집으로 쥐 죽은 듯 배달되는 빵
사람들 입에 촉촉한 단맛을 선사해주던 빵

그 맛난 빵을 더 이상 먹을 수 없어요
더 이상 먹으면 안 돼요

추억으로도 먹을 수 없는 잔인한 빵

더 이상 먹을 수 없어요

더 이상 먹어서는 안 돼요

열사의 동상 앞에서는

투사다
논리정연하다
숙연하다
결연하다
비장하다
치열하다

열사 동상 앞에서는

딱 거기까지다
넘지 않는 선이다
한때 무용담이다
진영과 정파가 뒤섞여 악수한다

열사의 동상 앞에서는

비굴도 가려진다
빗나간 신념에

한없이 너그럽다
배신도 가면을 쓰면
점잖은 투사가 된다

열사의 동상 앞에서는

그 길이 불편하다

나를 불안하게 하는 길이 있다는 걸
깨닫기도 전에
길은 저만치 멀어져간다

끝내 한 걸음도 딛지 못한 발바닥에
달라붙는 진흙 덩이가
내 한숨과 비겁의 흔적이라는 걸
깨닫기도 전에
길은 다시 저만치 멀어져간다

한 걸음만 함께 걸어요
그 보폭에 당신도 장단 맞춰주세요
깃발을 따라오세요

길 위에서 이어지는 발소리가
환청으로 들려올 즈음
하루의 긴 노동이 끝나고
나른해지는 저녁이 불편하다

집으로 향하는 퇴근길이 불편하다

그 길을 걸으며 손을 흔드는
훤히 아는 사람들의 손짓이
불편하다

엄마 난 살고 싶어요

엄마 난 살고 싶어요
천 길 낭떠러지로 가는 길
길이 없어 무서워요
그 길이 죽음으로 가는 길이라고
아무도 알려주지 않았어요
야간작업으로 몸과 마음이 서러울 때
석탄 덩어리가 나를 덮칠 때
나는 너무 힘이 없었어요
기계에 압도당해 숨을 제대로 쉴 수가 없었어요

나는 기계의 소모품이 되어
하루하루 부서지고 비틀거렸어요
그래도 몰랐어요
내가 기계 속에 빨려 들어가 한 줌 가루가 되고
엄마도 알아볼 수 없는 살 가루가 되어
영혼도 산산이 분쇄되어버리는
그런 죽음을 맞이할 거라고는
꿈에도 몰랐어요

정말 몰랐어요

스무 살의 세상은
왜 그리 휑하니 넓은가요
살고자 몸부림치면 칠수록
죽음은 저승사자처럼 다가왔어요

애

애가 끊어질 것 같다는
세월호 침몰 사고로 죽은
단원고 학생 어머니의 인터뷰를
티브이로 보다가

애라는 것이 무엇이길래
끊어질 듯 아프다는 것일까?
몹시 슬퍼서 창자가 끊어질 것같이
고통스럽다는 애

자식의 억울한 죽음이
애가 끊어질 듯 아프다는 말에
나는 애가 탈 뿐이다
나의 애는 어림 반 푼어치도 못 되는
손톱 밑에 박힌 가시만큼도 안 되는데……

애를 낳을 때 찾아오는 산통과
애가 끊어질 듯 찾아오는 통증은

얼마나 차이가 나는 걸까?
애가 끊어질 듯 애를 낳고
그 자식의 죽음을
애가 끊어질 듯 아프게 맞이한

어머니들의 애가 위태롭다

세월호 10년

처음에는 그랬어요. 기억하기 싫어도 자꾸 기억되어 힘들었어요. 잊으려 해도 잊혀지지 않아

힘들었어요.

기억해주세요, 잊지 말아주세요, 눈물과 간절함으로 외치던 유가족의 호소에 어찌 잊을 수 있느냐고 어찌 잊혀질 수 있는 일이냐고 내 속에서 끓어오르던 분노를 잠재울 수가 없었어요.

노란 물결이 영원할 줄 알았어요. 가방에 손목에 자동차에 매달린 노란 리본과 스티커가 아이들 눈동자라고 생각하며 부적처럼 달고 다녔어요. 자랑스러웠어요.

주변 사람들이 아직도 그놈의 팔찌를 차고 다니냐고 비웃어도, 이제 할 만큼 하지 않았느냐고 어처구니없어할 때에도 화내며 설명하기보다는 곱게 웃음으로 대면할 수가 있었어요. 이 세상이 노란색으로 물들여지고 진실이 밝혀져 제대로 된 세상이 올 거야 꼭 올 거야, 생각하며 산 적도 있었어요.

그런데 어느 날부터인가 나의 손목에도 가방에도 옷깃에도 노란 리본이 사라졌어요. 가끔씩 미안한 마음을 감추려

의식적으로 리본을 찾아 달아보곤 했어요. 예전 같지가 않았어요. 기억하고 잊지 않겠다던 숱한 다짐과 약속과 노래는 어디로 사라져버린 걸까요?

세상은 그때나 지금이나 달라진 게 없는데 그때나 지금이나 밝혀진 게 하나도 없는데……

어쩌면 좋아요?

작은 저항 — 아사히글라스 농성장에서

저마다 제각각의 밥을 찾아 허우적거릴 때
채찍의 두려움을 피해 움츠러들 때
깃발을 내리며 무릎 꿇고 투항할 때
그대들은 그곳에 있었구려

소심한 마음이 저울질에 흔들릴 때
나약한 연대의 손이 갈등을 일으킬 때
그대들은 묵묵히 그곳에 있었구려

눈물과 감동이 사라지고
동정과 연민마저 고개 돌릴 때
싸늘한 외면과 비웃음으로 손가락질당할 때
그대들은 여전히 그곳에 있었구려

누군가는 세상을 벽이라 하고
누군가는 세상은 바뀌지 않는다 하고
누군가는 체념도 삶의 일부분이라고 말할 때
세상의 벽을 마주하고

체념의 계단을 오르고 기어오르고
바뀌지 않는다는 세상의 벽을 두들기며
여기까지 온 그대들

땅에서는 자벌레 되어 시멘트 바닥을 기어보고
하늘 감옥에 올라 깃발을 흔들어보고
천막 농성 노숙 농성 파업 투쟁
끼니를 굶고 밥을 거부하며 여기까지 왔구려

작은 저항이 역사 되고
꺾이지 않는 저 깃발은 변혁이 되고
맞잡은 손 진화의 끈을 이어주는
몸부림과 함성은 세상 그 전부
오늘 그대 이름을 노동자라 부르고 싶소
오늘 그대 이름을 진짜 노동자라 부르고 싶소

제4부

길

모진 가뭄에도 호박순은
제 갈 길을 가늠해 간다
장대비에도 토마토는 붉어지고
태풍이 지나가면 꼬꾸라진 수숫대도 일어선다
거미줄에 의탁해 하루를 견디고
무수한 것들은 다시 제자리를 찾아간다

무참히 밟고 지나간 길
우리가 그 길 위에 서 있다
그 길 위에 서서 함께 길을 만든다
인간의 길을 닦는다

사원증 1

퇴사 시 반납해주세요
녹슨 철문에 딱지처럼 붙어서 쳐다보고 있다
641231-0064
퇴사 시 반납해주세요
허물어지는 빈 공장 녹슨 철문에
검버섯처럼 붙어서 바르르 떨고 있다
650117-0064
퇴사 시 반드시 반납해주세요
650221-0064

텅 빈 공장엔 빛바랜 안전제일 마크가 벽마다 붙어
치매 앓고 거리를 헤매는 노인의 뒷모습처럼
처량하기 그지없다
기계도 다 빠져나간 컨베이어 라인엔
솜털처럼 먼지가 수북하고
콘크리트 담벼락도 삭아 무너져
녹물이 핏물처럼 흐르고 있다
6년째 빈 공장

변하지 않은 것이라곤
공장 뒷마당에 서 있는 은행나무와
그 나무 아래 천막 둥지 튼 몇몇 노동자들뿐이다

지금 그 공장엔 아무도 없다
자본의 퇴적물만 쌓여
죽어가는 공장이 되어가고 있다
더러운 자본이 싸놓고 간
처절한 절망과 분노만 전염병처럼 번지고 있다

죽을힘 다해 악으로 버티는 노동자

퇴사 시 반납해주세요
입사 시 받았던 사원증을 어디에다 반납해야 할까
해외로 도망간 자본은 6년째 아무런 답이 없다

사원증 2

사원증을 목에 걸고 매일매일 기타를 만들던 사람들
기타를 연주할 수는 없어도 고급 기타를 만들던 장인들

인천 부평 톨게이트 나가는 곳
지금은 LPG 가스 충전소가 있는 자리
17년 전에는 세계적으로 명품 기타를 만들던 공장
마지막까지 4명의 노동자가 농성장을 지키다
농성장마저 강제 철거당하고
거리에서 철탑에서 한강 다리 위에서
복직 투쟁을 이어갔지
'장래에 올 수도 있는 경영위기에 미리 대처하기 위해'
공장을 폐쇄할 수밖에 없다는 회사와 맞서
13년간 거리에서 늙어가던 아버지들
우리는 꾸준히 살아갈 것이라 다짐하며
사원증 반납을 꿈꾸었던 늙은 노동자
노동조합의 노 자도 몰랐다던
농성장 주방장 기타 장인 임재춘

그는 지금 고향땅에 묻혀 있다

자벌레 — 지엠 비정규직 노동자 고공 농성장에서

어느 날 한 무리의 자벌레들은
그의 몸을
움츠렸다가 펴고 다시 폈다 접으며
한 자 한 자 일보 일배 정진하며 기었다
그곳에 다다르면 무엇이 있는지
누가 기다리는지도 모른 채
오직 밥과 먹이를 찾아서

그리고
끝내 두 마리의 자벌레가 다다른 곳은
더 이상 올라갈 수 없는 허공이었다
두 마리의 자벌레가 내려다보는 세상은
어지럽고 무서운 곳이었다

올라갈 때는 기를 쓰고 목숨 걸고 올라갔지만
더 이상 기둥도 사다리도 없어서
매일 밤 찌르레기 소리를 내며 운다
귀뚜라미가 되어

축축하고 어두운 구석에서 울다가
풀벌레 소리로 노래도 불러보았다
어느 날은 자신도 소스라치게 놀라며
소쩍새 두견새 울음소리를 내며
피 울음을 울기도 했다

어느 날 아침
눈을 뜬 두 마리의 자벌레
땅에서는 언젠가부터 수많은 자벌레들이
자신들이 그랬던 것처럼
몸을 뒤척이고 있었다
맘이 급한 자벌레들은 삼보일배하며
꾸역꾸역 모여들었고
우리가 올라온 기둥을 쳐다보며
손짓하고 발을 구르며
소리 지르기 시작했다

오늘도 두 마리의 자벌레는

밑에서 출렁이는 자벌레들을 보며
몸을 접고 펴고 다시 폈다 접으며
자신들의 영역을 지키고 있다

수많은 자벌레들이
두 마리의 자벌레가 있는 곳으로 오른다
이제 두 마리의 자벌레는 그들의 등을 타고
다시 땅으로 내려올 것이다
급하지도 않고 서두르지도 않고
한 자 한 자 정확한 몸길이로 흔적을 만들며
끝내 그들이 태어났던 보금자리로
돌아갈 것이다

송진

산길을 걷는데
막무가내로 잘린 소나무 가지 무성하다
부러지고 고꾸라지고 널브러지고

잘린 가지마다 눈물이 흐르다 맺혔다
잘린 자리마다 핏물이 흐르다 굳었다
나무 둥치 사이로 흐르다 멈춘 자리
그곳에 분노가 있다

인간의 땅에도
자본가의 톱질에 잘린
팔다리 목들이 천지에 널브러져 있다
철탑 위에, 닫힌 공장 굴뚝 위에, 크레인 위에
보도블록 콘크리트 바닥에도
천막 농성장 캄캄한 침묵 속에도

잘린 상처는 쉬 낫지 않는다
비바람에 모진 세월을 견딜 뿐

다만 딱딱하고 매운 송진 덩어리를 키운다

송진에서는 땀 냄새가 난다
송진에서는 분노의 냄새가 난다
송진에서는 피의 냄새가 난다

이쯤 되면
누군가 서둘러 불씨를 댕겨야 한다
이쯤 되면
누군가 앞질러 횃불을 피워 올려야 한다

칡꽃

엉겨서 끈끈하게 엉겨서
한여름 피워 올린
저 이쁜 칡꽃
어디서 보았을까 저 이쁜 꽃을
얽히고설킨 밑바닥
혼란 위에 피워 올린 저 환한 꽃

비 내리면 비 맞은 채로
해 뜨면 향기 더욱 농익어
촛불보다 선명하게 서 있구나
연대의 어깨를 얽어매고
그 위에 꽃을 피우는구나
칡들도

사람들아
대책 없이 세상을 탓하는 사람들아
배고프다 지쳐 흔들리는 사람들아
저 칡넝쿨을 보아라

칡넝쿨 그 아래 뿌리를 파보아라

간드러지게 피는 저 꽃의 몸부림을 보아라

천막 농성장

배달된 빈 도시락 수북이 쌓인
농성장 한편에서
늙은 노숙자가 도둑고양이처럼
남은 음식을 골라낸다
노숙 농성으로 하루에도 수차례씩
눈빛이 돌아가는 노동자들에게
남은 반찬 없냐며 선한 눈빛을 건넨다

뒤적거리던 나무젓가락 사이로
잘 구워진 동그랑땡
콘크리트 바닥에 동전처럼 굴러간다

아쉬워하는 눈빛들이 한데 모이다
다시 흔들리고
여기저기 매달린 현수막도 바람에 흔들리고
빌딩 숲 사이로 썰물처럼 빠져나가는
수많은 사람들의 마음도 흔들릴까

흔들리며 비틀대며 겨우 유지되는 세상

소소한 바람에 흔들리는 것들

낙엽처럼 사라지고

납작 엎드린 천막 속에서

고단한 사내들 코 고는 소리 처연하다

밥

단식 농성 30일 차 지회장님
고공 아치에 올라 있는 두 노동자
저녁밥을 가지고 가 인사하니
오늘의 메뉴를 묻는다
콩비지찌개, 두부조림, 꼬막무침
입가에 미소를 흘리며
콩비지찌개엔 묵은지와
돼지고기를 넣어야 제격이라며
침을 꿀꺽 삼키신다
매운 낙지볶음에 소주 한잔 생각난다며
녹차를 홀짝거린다
드럼통에 장작불이 활활 타오르고
밧줄을 타고 저녁밥이 허공에 오른다
투쟁 문화제도 끝나고
몇몇은 눈 위에 포개진 침낭 속으로 들어가고
밤새워 농성장을 지키는 몇몇은 드럼통에 둘러 모여
담배를 피우며 언 발을 녹인다
빈 도시락통 들고 눈길을 걸으며

집으로 돌아오는 길
발바닥이 뜨겁다

닭발

김 선배는 술안주로 닭발을 아주 좋아한다며
흡족한 침을 꿀꺽 삼킨다
정 선배도 닭발을 어금니에 물고
힘껏 살과 뼈를 분리하며 만족해한다

난 닭발을 보면 잘린 손목이 생각나요
자꾸 5공단의 프레스 공장이 떠올라서
숨이 멎을 듯해요

퉁퉁 불려 빨간 고추장에 발라놓은 닭발은
콘크리트 바닥에서 파닥대던 손목 같아요

소주 한잔 들이켜고 닭발 한입 물고
흡족해하는 선배님
제발 닭발만은 먹지 마세요

잘린 손목 치켜들고 눈에 핏발 세우다

구급차에 실려 가던 5공단의 동료가 생각나요

제발 닭발만은 먹지 말아요

저런!

아무 개념도 없이 웃고 있네요

우리 더는 만나지 맙시다

보신탕집

힘깨나 쓰게 생긴 사람들이
복날에 몸보신하러 보신탕집에 들어간다
기름기 충만한 낯빛의 사람들이
비릿한 웃음을 달고
보신탕집에 들어간다

우락부락 근육질 사람들이
이쑤시개를 물고
보신탕집에서 나온다
자글자글 끓어오르는 콘크리트 바닥에
가래침을 뱉으며
영양탕 한 그릇에 저마다의 기운이 요동친다

누가 나에게 노동해방이 무엇이냐고
묻더군

누가 나에게 전화를 걸어 노동해방이 무엇이냐고 물었지
쉽게 대답이 나오지 않더군
노동해방을 목놓아 외친 세월이 얼마인데
구체적으로 이론적으로 노동해방을
설명할 길이 없어 난감하더군
농담 삼아 물어보는 것 같아 순간 기분이 상하기도 했는데
몰라서 묻는 거라며 재차 설명을 요구하더군
순간 놀랐지
노동해방도 모르면서 노동운동을 한다고 하고
노동가를 부르고 집회나 시위에 나가서
팔뚝질하며 수없이 외쳤던 노동해방
부끄러움인지 수치심인지 모를 감정이 순간 밀려오더군
난 곰곰이 생각했어
1980년대 골방에 모여
숨죽이며 마르크스와 레닌과 공산당 선언과
노동계급과 프롤레타리아 자본론……
수많은 단어와 기억을 더듬어봤지만
노동해방이 설명되지 않더군

기억하면 할수록 머릿속은 더욱더 복잡해지더군
노동해방이 이리 어려운 것이었나

챗GPT에 물어본 노동해방을 내게 보내주며
그 내용이 노동해방이 맞느냐고 묻더군
챗GPT가 뭐냐고 그것이 노동해방을 잘 아느냐고 물었
더니
대화형 인공지능이라더군, 세상에나!
노동해방을 인공지능이 그럴듯하게 설명한 내용이었어

몸으로 느낌으로 신념으로
막연하지만 가슴 뭉클하던 노동과 해방
단어만 들어도 가슴 깊은 곳에서 뜨거운
그 무엇인가가 올라오던 그런 느낌이
챗GPT가 일러주는 노동해방에는 없더군

사랑이 무엇인지 잘은 몰라도 나는 사랑을 하지
사랑 없이 인간 세상 살 수 없듯

인간은 죽을 때까지 사랑을 갈구하지
내게 노동해방은 사랑 같은 것이었는지도 몰라

누가 나에게 다시 노동해방이 무엇이냐고 묻더군

나에게 있어 노동해방은 뿌듯함이었어
노동의 순간순간 명징하게 다가오던
죽비 같은 것이었지

스무 살 적 봉제 공장 시다로 일할 적
미싱사를 꿈꾸며 미싱을 밟았을 때
예기치 못한 미싱 모터 소리에 놀라
가슴 깊이 메아리치며 울리던 그 소리
그 소리에 미싱사의 꿈과 희망을 걸었던
미련한 신념
그런 것이었어 노동해방이

노조를 만들다 해고되어 농성할 때
구사대한테 끌려가
난지도 김포 쓰레기 매립장에 버려지고
신발도 없이 쓰레기장을 걸어 나올 때
헝클어진 머리 위로 지나가던 바람과 노을과
얼룩진 눈물 사이로 보이던
꽃을 보며 느꼈던 순간의 아찔함

그런 것이었어 노동해방이

잔업과 철야를 끝내고 자취방에 돌아와
꺼진 연탄 아궁이에 번개탄 피우며
온기를 기다리던 순간의 평온함과 나른함
그런 것이었어 노동해방이

폭력배 구사대한테 지하실로 끌려가
젖가슴을 주무르며 웃던 사내 앞에서
비굴해지지 않으려 묶인 손으로
아랫도리를 움켜쥐며 발버둥 치다 까무러치고도
다음 날 새벽 변함없이 공장 문 앞으로 달려가
원직 복직을 외쳤던 그 팔뚝의 힘
내게는 그런 것이었어 노동해방이

그래서 나는 대답을 했지
나에게 노동해방은
간절함과 설렘이라고
아직은

감정에 치우치자

사람들은 우릴 보고
감정에 치우치지 말라고 한다
감정에 치우쳐 문제를 일으키지 말라고 한다
감정이 한쪽으로 치우치면
문제를 그르칠 수 있다고 점잖게 충고한다

대화로 이성으로 상식적인 선에서
냉철하게 문제를 해결하자 한다
선의적으로 인간적으로 문제를 해결하자며
절대 감정에 치우치면 안 된다 한다

공장에서 쫓겨나며 흘린 눈물이
욕이 되고 구호가 되고 결의가 된다면
이건 상당히 감정에 치우친 것

자본가를 향한 분노의 감정과
흘린 눈물 투쟁으로 갚아주겠다는
거친 절규 또한 상당히 감정에 치우친 것

잘려나간 머리카락 한 올 한 올
흐르는 눈물 주체할 수 없고
간 쓸개 다 빼주고도 마지막 남은
노동자의 심장마저 꺼내 바치라는
사장 놈의 비인간성에 주먹이 불끈 쥐어졌다면
이 또한 상당히 감정에 치우친 것

사람들아
감정에 최대한 치우쳐라
철저하게 한 방향으로 치우쳐
흘린 눈물 반드시 승리로 갚아줘라

누군가는 목소리를 내야 하기에

김사이 | 시인

조혜영의 시집은 세상을 축소시켜놓은 삶의 현장이다. 현장은 구호나 선동이 아니다. 기억이다. 그의 시는 동시대를 살아가지만 아무나 가지 않는 결이 다른 현장이다. 현장에는 '청소 노동자' '배달 노동자' '멈추지 않은 공장 굴뚝에서 피어오르는 연기' '새벽을 가르는 사이렌' '재개발을 앞두고 철거된 집' '아버지의 노래'가 살아 숨 쉰다. 시는 그들을 불러내어 위로한다. 기교도 수사도 없다. 감정의 과잉 없이 투박한 묘사가 더 아프게 온다.

대통령을 탄핵시킨 민주주의 국가에서 노동자의 삶은 얼마나 달라졌을까. '무기고인 급식실'에서 급식 노동 30년째. 아줌마, 이모님, 어머니로 불리는 분분한 호칭. 급식 노동자의 정당한 이름 '조리 실무사'를 얻고자 30년을 싸우는 동안 산재보험도 안 되는 수술이 수차례. "노동의 가치를 생각한다는 건/어림 반 푼어치도 없는 일"(「급식 노동자」). '산재 판정을 받기 위해 근로복지공단과 대결한 시간이 30년 노동의 시간보다 길고 아팠다.' 밥하는 노동자를 하대하는 사회의 인식. 견뎌야 하는 건 모두 개인의 몫이었다. 알은체했지만 몰랐던 급식 노동환경과 급식 노동자의 실태가 그려졌다.「급식 일지」 연작은 치열한 일상에 익살이 고루 스며들어 울림이 아주 크다.

기록되지 않은 무명 노동자의 죽음은 얼마나 많았을 것인가. 인간의 탐욕은 "기억하기 싫어도 자꾸 기억되어 힘"든 "잊으려 해도 잊혀지지 않아 힘"(「세월호 10년」)든 역사를 만들고 있다. "그 길이 불편하다." 그러나 "무참히 밟고 지나간 길/우리가 그 길 위에 서 있다/그 길 위에 서서 함께 길을 만든다/인간의 길을 닦는다"(「길」). 적당히는 없다. 마치 심판자라도 되는 것처럼 적당히 하라고 노동자들에게 훈계를 한다. 그래서 더욱 "감정에 최대한 치우쳐"(「감정에 치우치자」)야 한다고, 싸움은 그렇게 하는 것이라고 말한다. 한결같은 마음으로 한결같은 길을 걸어온 시인의 순정한 마음이 깊어졌다. 언제나 자기 자리가 가장 아프지만 시인은 책임자 없고 사과도 없는 세월호 참사에서, 순식간 무참히 벌어진 10·29 참사에서 '잃어버린 신발'을 찾고 있다. 오래전에도 내일에도 눈길 손길 발길이 닿지 않은 소외된 곳에 사람들이 있다. 누군가는 목소리를 내야 하는 것이다. 조혜영 시에 어떤 수식어를 붙이든 그의 시는 오늘날 현실을 반추하는 힘이 있어 귀하게 다루어져야 한다.

부끄러움이 이끄는 노동해방의 가능성

진기환

1.

노동해방이라는 단어를 발음해본다. 여기저기에서 종종 봤던 단어지만, 어째서인지 이 단어가 너무나 낯설게 느껴진다. 거듭해서 꼭꼭 발음해보지만, 낯섦은 더욱 짙어진다. 왜 이렇게 낯선 것일까. 그것은 아마도 내 삶의 궤적과 연관 있을 것이다. 부끄러움을 무릅쓰고 고백하자면, 내게 노동해방이라는 단어는 언제나 인문학적 개념 중 하나일 뿐이었지, 내 삶의 절실한 문제였던 적은 단 한 번도 없다. 주변에 있는 대부분의 것들이 노동과 무관한 것이 없고,[1] 내가 지금 하고 있는

---

[1] 문종필, 「해자(解座)? 해자!」, 『싸움』, 자이출판사, 2022, 174쪽. 문종필은 우리 사회의 대부분의 것들이 노동과 관련이 있으며 노동의 양상 또한 상당히 변화되었기 때문에, '노동문학'은 과거의 정의에서 벗어나 지금 시대에 맞게 새롭게 정의되어야 한다고 말한다. 문종필의 논의에 기대어보면 조혜영의 시는 당대의 다양한 노동을 포괄한 '노동문학'이라기보다는 "기계를 운용하는

이 글쓰기 또한 노동일진대, 왜 나는 노동해방을 내 삶의 문제로 생각했던 적이 없었을까.

비겁한 변명을 해보자면, 어쩌면 이는 내 개인의 문제가 아닐 수도 있다. 1990년대를 거치며 우리 사회의 산업구조는 짧은 시간 동안 급격히 변화되었고, 그 과정에서 사람들의 소득 수준은 몰라볼 정도로 향상되었다. 이제는 어느 정도 먹고사는 문제가 해결됐을 무렵, 자본주의는 사람들의 삶을 먹고사는 일 너머로 계속 유혹했다. 자신 안의 욕망에 더욱 솔직해지라는 달콤한 유혹. 사람들은 점점 그 유혹에 빠져들었다. 노동해방을 꿈꾸기보단 신분 상승을 꿈꿨으며, 노동의 가치보다는, 더 높은 효율과 더 많은 임금을 숭상했다. 물론 우리 사회의 모든 사람이 이러한 유혹에 넘어가지는 않았을 것이다. 그러나 다수는 여기에 넘어갔다. 사회의 절대다수가 욕망의 세계에 진입한 이상, 변혁의 중심축은 더 이상 노동해방이 아니었으며, "붉은 깃발은 다 어디"(「전염병 시대」)론가 사라졌다. 깃발들이 점점 사라져가는 동안 우리는 IMF 사태를 겪었으며, 노동에 대한 인식과 노동의 가치는 달라졌다. 나는 세상이 점점 달라질 즈음에 태어나 과거의

고용주의 이기심은 결이 아닌 도구로 '노동'을 취급"했고 그 과정에서 "심적으로나 육체적으로나 밀려날 수밖에 없"었던 노동자들의 틈을 다룬 과거의 노동문학에 가깝다. 그러나 조혜영의 시는 그 형태와 시어가 과거의 노동문학과 유사함에도 불구하고 제도, 속물성, 부끄러움을 다룬다는 점에서 '지금—여기'의 노동문학으로 읽힐 여지가 있다. 이에 대해서는 본문에서 상술할 것이다.

유물을 바라보듯 노동과 노동해방에 대해 배웠다. 그러니 노동해방은 내게 언제나 과거의 것, 삶의 뒷전에 있는 것일 수밖에 없었다.

변명을 다소 길게 늘어놓은 이유는, 내 변명과 조혜영의 시가 맞닿는 지점이 있기 때문이다. 조혜영은 노동해방에 대해 나처럼 생각하는 사람들이 많아졌다는 것을, 노동해방과 노동의 가치가 과거와는 달라졌음을 알고 있다. 그래서 조혜영은 묻는다. 그것이 달라졌다면, 지금 시대의 노동과 노동해방은 어떠해야 하는가? 어떠한 방향으로 나아가야 하는가? 그것을 찾기 위해 조혜영은 자신이 해왔던 노동운동에 대해 회상한다. 그러나 그는 결코 그것을 노스텔지어화하지 않는다. 다만 그 과거를 자신의 현재에, 더 나아가 우리 사회에 어떻게 위치시킬 것인가에 대해 고민하며 이렇게 묻는다.

> 각성되지 않은 노동자는
> 자본의 노예일 뿐이다
> 조직되지 않은 노동자는
> 자본가의 영원한 노예일 뿐이다
> 외쳤던 논리와 구호는
> 여전히 유효한가
>
> 조직된 노동자는 계급적인가
> 조직된 노동자의 조직은 계급적인가
> 조직된 노동자의 조직 속의 노동자는

충분히 계급적인가

붉은 깃발은 다 어디로 사라졌을까
—「전염병 시대」 전문

'과거에 외쳤던 구호가 여전히 유효한가'라는 고민, 그는 이러한 고민을 통해 우선 우리 사회 노동현장의 불합리성과 노동자들이 스스로 노동의 굴레에 빠진 양상을 살피며, 그 굴레를 끊어내지 못하는 자기 자신에게 부끄러움을 느낀다.[2] 이 부끄러움이야말로 조혜영의 이번 시집 『그 길이 불편하다』의 핵심이라 할 수 있을 것인데, 우선은 그 핵심을 살피기 전에 조혜영 시에 나타나는 노동현장의 불합리성에 대해 살펴보자.

2.

조혜영 시의 두드러지는 특징 중 하나는 노동현장의 생생함이 살아 있다는 점이다. '조리 실무사'의 노동을 그린 「급식

---

2 이런 점에서 조혜영은 그의 초기시에 제기되었던 김창수의 비판인 "현재는 의례 과거를 연상하기 위한 매개물로 화하고 있다. 동시에 과거는 무갈등 상태로 추상화되는 경향"을 극복한 것으로 보인다. 김창수, 「불꽃에 대한 회상과 노동자의 몸」, 『인천공부』, 다인아트, 2005, 210쪽.

일지」 연작은 그 특징을 잘 보여준다. 이 연작시들에는 급식을 만들기 위해 해야 하는 지난한 노동, '조리 실무사'라는 이름을 얻기까지의 과정, 급식실에서 벌어지는 여러 가지 사건 사고, 조리 실무사 간의 다툼, 조리 실무사와 학교 측의 갈등들이 그려지고 있다. 여러 가지 것들이 그려지고 있지만 여기서 주목해보고자 하는 시는 노동환경의 열악함과 그것을 알고 있으면서도 여러 핑계로 노동환경을 개선해주지 않는 교육청과 정부의 무대책을 고발하는 시다.

한 노동자가 폐암 4기 판정을 받았다
투병을 하며 2년 동안 싸워 산재 승인을 받았지만
3년의 투병 끝에 사망했다

튀김이나 구이, 볶음 등
조리할 때 나오는 연기와 미세먼지가
1급 발암물질이며
황사보다 더 작은 조리 퓸이
사람들 입으로 코로 빠르게 들어간다
낡은 조리 시설
작동이 제대로 되지 않는 배기 후드
발암물질을 공기처럼 들이마신다
폐암이나 호흡기 질환에 걸리는 산재 환자 된다

그 발암물질이 일반 기준보다

4배에서 6배 높은 수준이라는 것을
교육청과 정부에서 모를 리 없지만
폐암 환자의 증가와 폐 질환 환자의 증가에는
아무런 대책을 마련하지 않는다

환풍기를 교체하네 안전 기준을 마련하네
의료비를 지원하여 건강검진을 받게 하네
저마다 떠들어대지만
학교 급식 노동조합의 인력 충원과
환기 시설 개선 요구는 해마다 묵살되고
예산 부족 학령인구 감소 타령만 늘어놓는다

—「급식 일지―폐암」 전문

급식 노동자가 폐암 4기 판정을 받았다. 2년 동안 싸워 결국 산재를 인정받지만, 3년의 투병 끝에 사망하고 만다. 급식실의 조리도구와 환풍구가 낡아서 1급 발암물질이 일반 기준보다 "4배에서 6배 높"다는 것을 교육청도 알고 정부도 알지만, 아무도 조치하지 않는다. 안전 기준을 마련하고 건강검진을 받게 하며 인력을 충원하는 일에는 자본이 투입되지만, 누군가의 죽음에는 자본이 투입되지 않기 때문이다. 자본을 죽음에 투입시키기 위해선, 자신이 죽어가고 있다는 사실을 스스로 증명해야만 한다. "끝내 인대가 파열되고/허리 디스크마저 터지고 나서야"(「급식 일지―산재 판정」), 폐암 4기 판정을 받아야만, 노동자의 죽음은 산재라는 제도 안에서 비로소 인정받는다. 즉, 자본을 움켜쥔 자들의 적당한 조치가 없는 상태에서의 산재 제도는 노동자를 보호하는 제도가 아니라, 노동자가 자신의 죽음과 질병을 스스로 증명해야 하는 제도로 전락한다. 이러한 상황에서 우리 사회의 여러 산재 노동자들이 자신의 죽음과 질병을 증명하고자 했듯, 조혜영의 시에 등장하는 산재 노동자들 또한 자신의 죽음과 질병을 증명하고자 한다.

그런데 이러한 증명은 어디까지나 제도 안에서 이뤄지는 것이다. 자신의 삶이 아무리 파괴되었다 한들 제도 안에서 그것을 입증할 수 없다면, 노동자는 아무런 보상을 받을 수 없다. 노동을 통해 삶을 유지하고 있는 노동자의 입장에서, 노동은 삶 그 자체라 할 수 있다. 그렇다면 노동환경을 개선시키지 않아 노동자들을 각종 질병과 죽음으로 몰고 가는 제도는, 결국 노동자를 노동 안에서 스스로 옥죄어가게 하는 것은 아닐까. 그리고 그 옥죄어가는 과정과 결과를 스스로 입증하라는 것은 결국 자기 삶을 스스로 부정하라는 것이 아닐까.

스스로 자신의 삶의 부정해야 하는 상황에서 노동자가 할 수 있는 건 크게 세 가지다. 첫째, 자신의 삶을 적극적으로 부정해 제도 안에서 죽음과 질병을 보상받는 것. 둘째, 제도 자체에 투쟁하여 근본적인 변혁을 모색하는 것. 셋째, 아무것도 하지 않음으로써 자신의 죽음을 통해 제도의 폭력성을 입증하는 것. 논리적인 차원에서야 두 번째와 세 번째 방법을 통해 세상을 보다 올바른 방향으로 변혁시키는 것이 옳은 일이겠으나, 현실의 차원에서는 그렇지 않다. 노동을 멈추는 순간, 생계를 유지할 힘 또한 멈춰버리기 때문이다.

3.

서두에 언급했던 것처럼 노동해방의 기치를 내걸고 세상을 변혁시키고자 했던 시기에는 삶보다는 삶의 방향성이 더욱 중요했다. 올바른 삶의 방향성을 향해 나아간다면 삶이 더욱 풍성해질 것이라 믿었다. 다시 말해 노동운동을 통해 진정한 노동해방을 이뤄낸다면, 모두가 행복한 세상이 도래할 것이라 믿었다.

그러나 "낮에 울려 퍼진 험난했던 함성과 구호"는 "밤하늘의 별똥별"(「하늘 감옥」)이 되어 사라져버렸다. 이제 중요한 건 밤을 밝히는 것이 아니라 어두운 밤에서 살아남는 일이다. 살아남기 위해선 먹을 음식과 입을 옷이 필요하고, 그것을 구하기 위해선 노동해야 한다. 먹고 입기 위해선 끊임없이 노동해야 하고, 노동하기 위해선 자본과 제도가 허락한 삶을 벗어나서는 안 된다. 거기에서 벗어나는 순간, 노동자에게 노동은 허락되지 않는다. 얼핏 보기에 자본과 제도는 노동자에게 선택권을 주는 것처럼 보이지만, 실상은 자본과 제도 밖에 대한 가능성을 차단한다. 노동자는 자신의 삶을 유지하기 위해 자신도 모르는 사이에 점점 그 굴레에 충실한 속물이 된다. 때문에 노동자는 노동으로 인해 불행해지기도 하지만, 노동을 쉬는 순간 불안해진다.

> 그런 직업병에 걸려
> 병실에 누워 치료받으며 꼼짝할 수 없는데
> 일 걱정에 조바심치는 이 심사는 무엇인가
> 편하게 누워 밥을 먹는 것조차 불안하고
> 내가 이렇게 한가하게 누워 있어도 되는가
> 나에게 되물으며 불안해하는 이것은 또 무엇인가
> 신종 직업병인가
>
> 나의 몸은 기계처럼 돌아가야 안심하고
> 나의 몸은 휴식이 불안하고
> 나의 몸은 쉼이 불편하다
> 일하면 편안하고 노동을 잃어버리면 시들어버리는
> 어쩌지 못하는 이것은
> 도대체 무슨 병이란 말이냐?
> ─「급식 일지─신종 직업병」 부분

 병실에 누워 치료받는 건 노동과 잠시 멀어지는 편안한 순간이다. 그런데 화자는 그 순간을 편안하다고 느끼지 않는다. 오히려 조바심을 느끼고 불안해한다. 불안함의 기저에는 이렇게 쉬다가는 다시는 노동현장에 복귀하지 못해, "병원

비"도 못 낼지 모른다는 가난에 대한 두려움이 자리하고 있다. '나'는 지난 30년 동안 그저 이름 없는 아줌마였기 때문에 언제든 대체될지 모른다는 두려움.[3] 그 두려움이 "이제는 일 쉬라는 말/이제는 일하지 말라는 말/이제는 일 그만두라는 말"을 "가장 무서운 말"(「가장 무서운 말」)로 만든다. 노동해방을 꿈꿨지만 노동에 얽매여 있는 자기 자신을 발견하는 일, 그것은 자신이 꿈꿨던 세상은 이런 것이 아니라는 회의와 어쩌면 자기 자신이 이러한 세상의 변화에 일조했으며 너무나 쉽게 변혁에 대한 의지를 포기한 것은 아닐까라는 부끄러움으로 이끈다.

---

3 조혜영의 시에 등장하는 인물들은 대부분 이름이 없다. 그의 시에서 등장하는 인물들은 이름이 아니라 '최', '송', '윤' 등 성으로만 불린다. 조혜영으로 추정되는 화자 또한 조리 실무사라는 이름을 얻기까지 30년의 세월이 흘렀다며 회상하고 있다. 한 개체가 사람이 되기 위해서는 사회가 그의 이름을 불러주어야 한다는 점을 상기한다면, 조혜영의 시에 등장하는 인물들은 사회적 맥락 안에서의 사람이 아니라 다른 존재로 대체될 수 있는 개체일 뿐이다. 그들을 사람이 아니라 한 개체로 만드는 건, 그들에게 합당한 이름을 붙이지 않으려는 학교 측이기도 하지만, 서로를 이름으로 부르지 않는 그들 자신이기도 하다. 그런 점에서 조혜영의 시는 자본의 질서가 노동자를 대하는 방식, 노동자들이 그 질서를 스스로 체화한 모습, 두 가지 측면을 다 보여주고 있다고 할 수 있다. 급식 노동자들이 "대기업은 무슨 대기업/비정규직 주제에"(「급식 일지—살얼음판」)라며 자식의 직업 때문에 싸우는 시를 보면, 이들이 자본의 질서를 체화한 인물들임을 알 수 있다. 사람과 이름의 관계에 대해선, 김현경, 『사람, 장소, 환대』, 문학과지성사, 2015, 31~54쪽을 참고했다.

4.

　노동자문학회에서 활동했으며 전태일문학상을 수상한 조혜영의 이력을 굳이 참고하지 않더라도, 그가 노동운동과 노동문학에 삶의 많은 부분을 내주었다는 사실만은 분명해 보인다. 그의 시에 "1980년대 골방에 모여/숨죽이며 마르크스와 레닌과 공산당 선언과/노동계급과 프롤레타리아 자본론……"(「누가 나에게 노동해방이 무엇이냐고 묻더군」)을 읽고, 각종 집회와 시위 현장에서 연대했던 흔적이 진하게 녹아 있기 때문이다.

　그러나 그것은 어디까지나 과거의 일이다. 현재의 그의 삶은 투사의 삶이라기보다는 "저마다 제각각의 밥을 찾아 허우적"거리며 "채찍의 두려움을 피해 움츠러"들고, "깃발을 내리며 무릎 꿇고 투항"(「작은 저항―아사히글라스 농성장에서」)하는 소시민의 삶에 가까워지고 있다. "폭력배 구사대한테 지하실로 끌려가/젖가슴을 주무르며 웃던 사내 앞에서/비굴해지지 않으려 묶인 손으로/아랫도리를 움켜쥐며 발버둥 치다 까무러치고도/다음 날 새벽 변함없이 공장 문 앞으로 달려가/원직 복직을 외쳤던 그 팔뚝의 힘"(「누가 나에게 다시 노동해방이 무엇이냐고 묻더군」)은 사라지고, "살과 기름이 엉겨 달라붙어 흘러내리다/붉은 지렁이"가 되는 동안에도 그것을 모르고 곧 점심시간이라며 그 자리를 떠나지 못하는 사람이 되어버렸다(「급식 일지―화상」).

그것은 근본적으로는 시대의 변화에 기인한 것이지만, 조혜영에게는 그것이 꼭 시대적 변화에 의한 것만은 아니다. 자신의 한 시절을 노동해방과 자신이 생각하는 보다 올바른 세상을 위해 헌신했기 때문이다. 그런데 세상은 자신이 생각한 것과는 전혀 다른 방향으로 달라졌고, 자신은 그러한 세상이 허락한 질서 안에서 매일매일 노동을 한다. 그런데 한편에는 여전히 "체념의 계단을 오르고 기어오르고/바뀌지 않는다는 세상의 벽을 두들기며"(「작은 저항─아사히글라스 농성장에서」) 세상의 변혁과 노동해방을 위한 구호가 울리고 깃발을 휘두르는 사람들이 있다.

조혜영은 그러한 노동운동의 현장을 그리면서도, 그러한 구호와 깃발이 '지금─여기'에 유효하냐고 묻는다. 그 물음의 근저에는 과거의 자신과 현재의 그들 사이의 간극에서 오는 부끄러움이 자리하고 있다.[4]

> 나를 불안하게 하는 길이 있다는 걸
> 깨닫기도 전에
> 길은 저만치 멀어져간다
>
> 끝내 한 걸음도 딛지 못한 발바닥에
> 달라붙는 진흙 덩이가

---

[4] 이 부분은 서영채, 『죄의식과 부끄러움』, 나무나무출판사, 2017, 44~46쪽을 참고했다.

내 한숨과 비겁의 흔적이라는 걸
깨닫기도 전에
길은 다시 저만치 멀어져간다

한 걸음만 함께 걸어요
그 보폭에 당신도 장단 맞춰주세요
깃발을 따라오세요

길 위에서 이어지는 발소리가
환청으로 들려올 즈음
하루의 긴 노동이 끝나고
나른해지는 저녁이 불편하다
집으로 향하는 퇴근길이 불편하다

그 길을 걸으며 손을 흔드는
훤히 아는 사람들의 손짓이
불편하다

—「그 길이 불편하다」 전문

시의 화자는 하루의 긴 노동을 끝마치고 퇴근하고 있다. 퇴근길에 자신을 불안하게 하는 길이 있다는 것을 깨닫는데, 거기에 한 걸음도 내딛지 못한다. 다만 자신의 "한숨과 비겁의 흔적"을 발견할 뿐이다. 그때 어디선가 환청처럼 "한 걸음만 함께" "그 보폭에 당신도 장단 맞춰" "깃발을 따라오"라는 발소리가 들린다. 화자는 그 발소리가, 발소리가 나아가고 있는 길이, "나른해지는 저녁이 불편"하다. 이 불편함은 "세상은 그때나 지금이나 달라진 게 없는데 그때나 지금이나 밝혀진 게 하나도 없는데"도 노란 리본을 잊고 살았던 것처럼(「세월호 10년」) 근본적으로는 아무것도 달라지지 않았는데 노동운동을 잊고 살았던 자기 자신에 대한 불편함일 수도 있고, 어쩌면 현장에서 함께 연대하면서도 한편으로는 자신의 노동과 생계를 궁리한 자신의 속물성을 발견하는 데서 온 불편함일 수도 있다. 양상은 다소 다를지언정 그 근저에 부끄러움이 자리한 다는 사실만은 동일하다.

부끄러움은 그 자체로는 굉장히 수동적인 감정처럼 보이지만, 실상 그것은 주체 형성의 과정에서 생기는 불일치를 메우는 책임의 첫걸음이라는 점에서 주체의 능동성을 이끌어내는 감정이다.[5] 다시 말해 부끄러움을 제대로 감내해야만 사람은 비로소 자기 삶을 제대로 책임지는 주체로 거듭나게 된다. '지금─여기'에서 노동해방의 가능성을 다시금 살려 "허공에 울려 퍼지다 사라지는 구호와/바람을 가르며 펄럭이던 그 많은 깃발"을 "다시 꽃으로 피어"나게 하고 "누구의 가슴을 다시 데"우기 위해선, 우선 이러한 부끄러움을 통한 주체가 되어야 한다. 이 부끄러움은 아무나 느낄 수 있는 것은 아니다. 한 시절을 온전히 노동해방에 투신해온 사람만이 느낄

---

5 위의 책, 45쪽.

수 있는 것이다. 우리 시대에 '노동해방'의 가능성이 있다면 그 가능성은, 그 "간절함과 설렘"은 바로 이 부끄러움부터 시작될 것이다.

陳起煥 | 문학평론가